Frederike Frei

LOSGELEBT

Braun
Reihe: Literarischer Nachwuchs: Nr. 13

1. Tausend 15. September 1977
2. Tausend 30. September 1977
3. und 4. Tausend Januar 1978
5. bis 7. Tausend April 1978
8. bis 11. Tausend Januar 1979
12. und 13. Tausend November 1979
14. und 15. Tausend Dezember 1980
16. und 17. Tausend Januar 1982

Gesamtherstellung:
Verlagsservice Hüttemann GmbH,
Odenthal
ISBN 3-88097-072-6

Frederike Frei

LOSGELEBT

Literarischer Verlag Braun

die reihenfolge der lesezeichen ist mir wichtig —

Ich stehe stundenlang
vorm Spiegel und
wunder mich daß
ich ich
bin

SELBSTPORTRÄT

Wenn ich schon als Kind
keine Zeit hatte zum
Haarekämmen
oder Geldverdienen
dann jetzt erst recht nicht

SAG DEM KONFLIKT DASS ICH KOMME

MEINEN BLICKWINKEL TRIFFT
EUER AUGENMASS
NIE GANZ

manchmal
möchte ich einen
Strohhalm nehmen
und zeigen wie ich
bin:
feingegliedert hohl und fugenlos

ÜBER DEN DAUMEN GEPEILT

WIE WENN ICH

seit Jahren

darauf gewartet hätte

im hohen Gras zu liegen

und jetzt

LANDSTREICHELEI

musik
ist eine zarte
säge
die einfach
eindringt in den leib
und die federleichten
teile
von den schweren
trennt

diese operation
ist schmerzlich

Ich möchte der alte Mann sein
auf der Bank
der meine Sorgen
nicht kennt
der einem Vogel nachsieht
der auffliegt
oder mir die ich
vorübergehe

LASTENAUSGLEICH

Der November hockt in der Kneipe
abends wird man dort älter
und über einer kalten
Hühnersuppe
gleichgültig

Jetzt wohnt der November
noch nebenan

der Winter wohnt dann
bei mir

ABENDLEID

Ich kann meine Träume nicht
fristlos entlassen
Ich schulde ihnen noch
mein Leben

SCHULDSCHEIN

Zur Feier des Tages
habich mich gefragt
was ich eigentlich
will auf der Welt

Erreichen daß
sich das alle
fragen

GEBURTSTAG

Meine Räume haben treue
Wände sie warten

auf mich nur ich
passe ins Schloß

Meine Wohnung ist so groß
wie meine Welt

Hier wohnen heimlich
Pläne

doch die vermauerte Seele
hält dicht

EINZELMÄNNCHEN

Sie leben von allein
träumen zusammen und
lieben umsonst

Immer überdehnen sie
ihre Arme und zeigen
das hastige Herz

Ihre Augen haben keine blinden
Stellen da sie alles
übersehn

Es gibt sie so selten
damit sie für den
der sie kennt

die einzigen sind

WIR

◡

Im
Finstern
wächst ein
Lächeln auf
blinzelt in die
Sonne und strahlt über
das Stoppelfeld deines Bartes

o

Deine Lippen legen an auf mich ich
flieh unter den Schutz deiner Zunge

♀

Ich habe Sehnsucht nach deinen Füßen
und Hunger auf deinen Bauch
und liebe den feinen Ton
mit dem sich dein
Reizverschluß
öffnet

⚥

Du bist schön
gefangen
in meinen Träumen

HEXENKUNST

Deine wachen Hände schlafen
schon mit meiner
Haut

wenn sie noch
von ihnen
träumt

AUFWACHEN

Aus dem 7. Himmel gefallen
mit verliebten Bäuchen
und heimlichen Hüften

So märchenhaft
anzufassen wie
Schlaraffen
Nur

In ihren Augen wirst
du jedesmal
neugeboren
Nur sie

Sie werden nie genug geliebt
und sind ganz zart
zu hassen
Nur sie verstehen

nur sich

L I E B H A B E R

Das ist gewiß
ein sensibler Mann
der beim Spaziergang mit
seiner Frau eine
Katze streichelt
stundenlang zärtlich streichelt

sodaß die Frau
schon langsam weitergeht
stunden lang sam weitergeht

STREICHELEINHEITEN

Du sagst mir nie
daß du mich liebst

du liebst mich nicht
weil ich dich liebe

ich lieb dich nur
wenn du mich liebst

irgendetwas steht
zwischen uns

wahrscheinlich
die Wahrheit*

o.K. (ohne Kommentar)

* DIE WAHRHEIT IST EINE NOT – ZUR NOT GIBT ES DIE LÜGE

Ich möchte deine Augen fragen
warum sie

schweigen

Ich sehe daß sie taub sind
und bleibe

stumm

ZWIE GESPRÄCH

Ich schrieb dir
ich sei unglücklich

Du fragst mich warum?

Warum -

ZAUN

Der letzte Kuß
fällt
ins Schloß

Mein Herz hat einen
Plan
gekannt : dich

SCHLUSSLICHT

Seit du wegbist
weiß ich
wonach ich suchte
als du dawarst

NACHRUF

In meine Seele
hat sich die Zeit
mit dir
vertieft
manchmal
legt sie ein Lächeln
frei

VERINNERUNG

In meinem Briefkasten
wohnt eine Brieftaube
die mir schreibt

Sie schreibt von Luft und Liebe
und daß sie regelmäßig
weint

W A R T E N   A U F   P O S T

Ich kann sein Foto
nicht finden

So muß ich nicht weiterweinen
ins Fell meiner Katze

Die warf ich einmal nach
ihm als er nackt war

Ich wußte daß er Muschi
nicht liebte

Ich hasse sie
sie ist heiß

KUMMERKATZEN

– Es bleibt immer eine Umarmung
zurück

die keiner von beiden mehr
kennt

auf die einer noch
wartet

AM ENDE

Seit vielen Stunden schon
lese ich die letzte Seite
einer Zeitschrift

'man kann erst lieben
wenn man fertig ist'

Ich bin restlos fertig

LEBENSZEICHEN

Ich erschrak
wie tief
meine Traurigkeit
lag
als ich über sie
hinwegging

ÜBERBAU

Diesen Sommer war ich vogelfrei
und habe mit falschen Vögeln gelebt

und als ich fliegen wollte
wurde mir der Vogel gezeigt

habe immer flugs
mitgelacht

das Gift der Vogelbeeren
hat mich umgebracht

NESTKÄLTE

ich
allein
bin allein

der Himmel
hockt am
Bahndamm

die Straße
geht
fremd

UMGEZOGEN

Seine Augen sind die Kerne
seiner Kindheit

etwas bitter
sehr hart

... da liegt dann die
Mandel und
lügt:
'ich war doch so leicht
zu knacken'

UNSCHULDSWOLF

Mein Verhältnis zu ihm:
ein Zugeständnis an die Mode
er ist schön

Meine Liebe:
Ergebnis falscher Erziehung
er ist der Prinz

Meine Sehnsucht:
Frustration
Er ist nie da

Das ist die Wahrheit
Das war die Lüge

DAS WORT ZUM ALLTAG

Endlich liebe

ich
aber
nicht nur dich

Mein Herz war
so
müde
daß es riß

AUFRISS

eigentlich
bereu ich nichts
nur heute
wars Scheiße
beim Schlafen keine Lust
gehabt
und habs nicht
lautgesagt

aber groß rumstöhnen

ORGASMUSS

bald fang ich an
aufzuhören

fertig
bin ich schon

bald glaub ich auch
an alle

und nicht
nur an mich

kleinschreibung

Dein Mann ist dein Ausweis
lebenslänglich
gültig

Du sollst ihn immer mit dir führen
auf der Zunge und
an der Hand

Bei Verlust gleich ersetzen
sonst wissen wir nicht
wer du bist

Ein Fall für die Nachbarn
eine Chance der Kirche
ein Fehler im Leben

Mit mehreren Ausweisen
natürlich eine
Verbrecherin

L E I D M O T I V (gesetzl. geschätzt)

Die einen heiraten
wegen der Leute
die andern heiraten nicht
auch wegen...

ANGEBINDE

Mußehen
schieben sich mit
geschultertem Schirm
und zerrüttetem Nachwuchs
zwangsläufig
vorbei

SONNTAGSSTAAT

Sie liebt ihr Kind
auf seine Kosten

und stiehlt ihm die
nötigen Sorgen

Ihre eigenen erledigte
ihr Mann

zu seiner vollen
Zufriedenheit

HEIRATTEN

Hätt ich ein Kind

es wär mir so fremd
wie jedes

aber wir hätten sein
Leben lang Zeit uns
zu verstehn

Ich zeigte ihm Wälder
und Zäune und
Wege

Ich lehrte es
nichts als
zu lernen

Die Wurzeln würde ich
gießen und nieht
die Blüten

Ich möchte ihm alles
sagen, was ich
denke

und alles bedenken
was es
sagt

vielleicht aber auch nur
Unsinn machen damit
es lacht

oder einfach vergessen
was es
macht

Zur Gesellschaft
würd ich ihm
raten

doch zu keinem
einzigen
Gott

und rechtzeitig zeigen
daß andere täglich
anders denken

Ich riete ihm dort
zu stehn wo es
kann

vielleicht
würden wir
Freunde. Aber

wir lieben uns erst
wenn wir wissen
warum

Es soll keine Sonne werden
und kein Planet nur
irgendein Stern

Noch hab ich genug
mit der Erde
zu tun

KINDERLOS

Meine Gedanken
sehen aus dem Fenster

Da! Das Kind in
der Gartenecke stört

Ich muß es mit einem Auge
zudrücken

Schlagartig
ist es verbannt

in den Wimpern
zappelt noch
ein ganzes
Kinderland

SCHEUCHKLAPPEN

Immer wenn ich mich
mit meinem Herzen
breitmache

KOMMT EIN KIND
UND KENNT
NUR SICH

und ich
lerne MICH
kennen

N A C H H I L F E

Das Einmaleins
ist müde

möchte an der
Tafel
schlafen

und endlich
einmal
einssein

SCHULAUFGABE

Ich möchte auch in den bunten
Städten geboren sein

von denen die Häuser
träumen

wo jedes Gesicht
versteht

und der Augenblick
überlebt

wo man bleibt
wenn man geht

Mütter spielen wie
verrückt
Sie hüten den Sinn

ihres Lebens und hüten sich
vor dem
Unsinn der um sich greift

nehmen ihn wie in die
Arme
und sind erstaunt

wenn er sie nicht liebt

ZUM KINDERTAG

Erwachsene
bleiben einfach stehn

Alle waren mal
'fümpf'

Einig
Lokomotive zu spielen

Aufeinmal sind sie
entgleist

SYSTEM

Gewöhnlich !!!!
stinkt die Familie

und wohnt im
Gewohnten !!!

Eine starke Familie
hat schwache Köpfe

und auf richtige Fragen
jede falsche Antwort

Sie weiß
was niemand weiß

und hat Entscheidendes
schon entschieden

Ihre Mitgift vergiftet
jeden Ausweg

deine Familie lebt für dich
also kannst du sterben

ERZIEHUNGSKUR

Hätt ich den Vollmond für voll
nehmen sollen und den Neumond
für neu? Menschen für mensch
lich Christen für christl
ich das Recht für ger
echt die Liebe für
wahr die Wahrheit
für lieb hätte
ich Gebrauchs
lyrik geb
rauch
t
o
der
soll ich
die kunst
lieber für künst
lich halten das
Gewohnte für gewöhnl
ich das Friedenslamm für
belämmert die Gemüter für
gemütlich das Recht für recht
s und die wahren Sager in der Po
litik Wissenschaft und Literatur fü

JM FALLE EINER FALLE

Warum muß man was machen
um Geld zu verdienen

Warum verdient man kein Geld
mit dem was man macht

BÜRGERINITIATIVE

Die Welt stirbt aus
sie bleibt für Geld

Mit faulen Händen
sammelt sie fleißig ein

kauft laute Worte
gibt die leisen auf

schließt ihre Ohren
weist auf öffentliche hin

verkauft die Luft
und atmet schwarz

das Spendenkonto
Liebe ist gelöscht

Fabrik Mensch macht Pleite
sie zahlt sich nicht aus

K O N K U R S

JCH BIN FROH
ARM ZU SEIN

ABER REICH GENUG
UM FROH ZU SEIN

JCH BRAUCHE NICHTS
ZU KAUFEN

WAS ICH NICHT
BRAUCH

EXISTENZMAXIMUM

Heute hab ich mit meiner
Tante über die DDR
geredet

Weder mit mir
noch über die DDR
hat sie je gesprochen

OLYMPIADE 76

Ihr hängt das Ja im Westen auf
und schiebt
das Nein in den Osten

und abends liebt ihr
heimlich
eine heile Welt

für die ihr
keinen
Finger krümmt

ABENDLAND

Du liest:
'Es ist Krieg'

Es ist Krieg
und du liest!

Z E I T B O M B E   Z E I T

Eben fielen vierzehn
Soldaten in
Suez

und Kuchenkrümel
in meinen
Schoß

Die Zeit kommt
nicht weit
er

Tränen werden bald
aus den Augen
verloren

Es ist Mittelmeernacht
zwei Länder zu
spät

Sehnsucht mit Überlandmasten
geschient

Kraftwerkzeug zerfetzt
den Horizont

Wiesen kriechen
zu kreuze

hochgespannt steht die
Zukunft Spalier

Auf dem Linienblatt
papierhimmel

Radierschnipsel
Vögel

Angst die mich in die
Kehle zwingt

Atemreste
zwischen den Zähnen

Als Frau trage ich die Verantwortung
für das Leben - als Mann
für das Sterben

MÄNNER*) - Mannschaften von
Göttern - unfehlbare
Lügenbrüter

spalten den harten kern
Wahrheit durch Beschuß
der Massen

So gewinnen sie
Energie -

SIPPE TOD

*) vom forschen Forscher
bis zum Atomreaktionär

Der Abschaum seiner
Bier + Schnapsideen
stieg ihm
zu Kopf

Für seine Gesichtswürste
drehte er die Rechte
und Träume anderer
durch den Wolf

aus allen löchern
müssen wir
schießen

wie ratten
wenn man uns
untergräbt

was habt ihr mit der macht gemacht
die wir hatten

als wir uns
retteten ins
FREIE

DIE VERSCHWEIGENDE MEHRHEIT

Der Regenwurm lüftet sein Geheimnis: Die Welt ist unter
wandert
ZIGEUNER DER ERDE

Am Abgrund
kommt es allein
auf die Haltung an

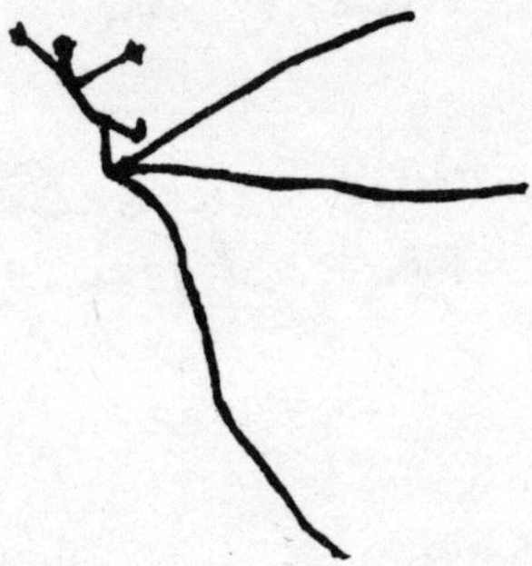

Zeternd stürzt
die tanne ab

sie wirft verzweifelt
schatten

die schnitzen
eine wand

sie lehnt sich
seelig an

und wurzelt
am abgrund

Zu einem bild von Klee

Ich zwinge die fette Fliege ins Netz
und stopfe den Frosch ins
Angesicht seiner Feinde

Ich rate ja
nicht zu beten
und rate Ihnen gut

die Liebe?
Die Liebe ist hart
Das ist alles über die

Liebe
Ich half den Fliegen fliegen
ich warnte die Frösche vor Störchen

die Bäume vorm Wald die
Hand vor der Faust
ich Idiotin

UNENTSCHULDIGT GELIEBT

SCHATTEN
schlafen
mitternachts mit

folgen
den Träumen zum
Eckstein des Morgens

Gefallen
in Gedanken
den hellichten Tag

jagen
hilflose Gesten
und zerren an jedem Profil

Man muß sie Geschatten

A B E R W E L T

Gelbe Beeren
eingerenkt
ins dünne Grün

Über mich ist Vogelfraß verhenkt
damit ich rot und weich werde

Flinke Fiederblättchen überflügeln
mich ich tu mein Blattwerk

unten hungern die
unreifen Träumer

oben träumen die
satten Verräter

ANHAND VON VOGELbeeren

SCHWARZ
IST DAS MEER
UND ALEIN

JEDE WEISSE WELLE
GEHT UNTER

N A C H T S

Als suchte das Meer
in der Tiefe nach
dem Grund zu
stranden

Ü B E R S   M E E R

Hinter den Dünen
verkrümelt sich
das Licht mit
schlechtem Gewissen

die Gräser schneiden
Fragen an

die den Himmel
schwer
belasten

WOLKENTIEF

für kl. kinder:
"Hinter den Dünen
verkrümelt sich der Tag
mit schlechtem
Gewissen

Er war zu
kurz

FERIEN"

Wenn eine Birne leise
stürzt und plötzlich
platzt
erschrickt der Herbst

Und viele Blätterhände
fallen unerbittlich
sanft
über sie her

H E R R B S T

Die Träume unserer Zeit
türmen sich im
Niemandsland

Klötzchenkleine Steine
wünschen ungelenk
treues Rot und zahmes Schwarz

Aufgemalt vom graden
Griffel der in einem
heilen Becher wohnt

Automatisch
fällt ein Groschen
Sonne in die Stadt

Zu 'BURG IN SONNE' von
Klee

Die Himmelhühner über den
Stammbäumen hat der
Sommer mit dem
Munde gemalt

Das hungrige Grün der Schatten
ist mit dem satten
Marmorblau dick
Freund

Zunge Land
leckt sich
Butterblumenkrümel
vom Maul

Zu Hause schmecken
Steine wie Salz
und Erde wie
Brot

Zu 'GARTEN IN VALLAURIS' von
Picasso

Der Tod ist dein Freund
du hast ihn überlebt
ich weiß

Du wohnst in einem blauen Grab
das dich nur flüchtig
kennt

weil du eine Heimat hast
sind wir verwandt
weißt du

FÜR ELSE LASKER

allen ist es selbstverständlich stop
daß ich sterben muß stop mir nicht
stop nur der tod stop lebt ewig stop
ich habe keine angst stop vor meinem
tod stop sondern vor stop deinem

telegramm

Deine
Lieder hausen in
heimlichen Fäusten

Du
reitest dem Tod
oder Córdoba entgegen

Wo soll ein Land
über Nacht
bleiben

Spanien sucht
abends
Heim

FÜR GARCIA LORCA

Ich freue mich über die
Ladung Gefühl

gebe den Duft mit dem blauen
Kinderlachen in Auftrag

um frei zu sein
für die Landung der Lupinen

fühle mich beunruhigt über
den Absprung verkommener Vögel

und belästigt
vom Sinn meiner Worte

AUSLESE

Auch ich schätze Sätze wie
›Es steht ein Tablett im Wald‹
oder
›Dem Mond ins stumme Denkmal greifen‹
mehr als
Nimm dich zusammen. Du lügst!

Wahllos haben wir geschrieben
und über Auserwähltheit nachgedacht
haben Inversion getrieben
und uns keinen Reim gemacht

uns poetisch verzettelt
aber Ruhmesblätter verteilt

sind gegen Menschen geschwommen
und in ihren toten Armen gelandet

Da fischen wir im Trüben
um einen wertlosen Wort
schatz zu heben

Metaphermann
will überleben

Bomben aufs
Luftschloß!

AN MICH

Früher träumten wir
von der blauen Blume
heute
von der Pille danach

Früher suchten wir Trost
bei den Männern
heute
finden wir ihn bei uns

Wir sind zwar jung doch
noch ist nichts
verloren

Nach beiden tausend
Jahren Ahnungs
losigkeit

wissen wir nun
was wir tun
müssen:

an die Arbeit
gehen mit
der Zeit

ihr keine Märchen
mehr erzählen
sondern

die neue Geschichte
wirklich wahr
machen

also das Loch Gott
endlich stopfen
mit uns

Z U R Z E I T

Ich bin der unglücklichste Mensch
von Zeit zu Zeit

Mein Bewußtsein ist ein Netz
aus Erinnerungslöchern

Wenn ich
nocheinmallebe

würde ich alles fest halten
was ich gelassen habe

und alles loslassen
was ich festgehalten habe

dann wäre ich
automatisch glücklich

M Ä R C H E N HAFT

REIHE: LITERARISCHER NACHWUCHS

Nr. 3: Klaus-Peter Wolf, „Versuche Aufrecht zu gehen"
Geschichten. Broschur. 88 Seiten. DM 10,—
ISBN 3-88097-013-0

Nr. 4: Sigrid Kruse, „Eine Wimper fällt durch den Abend"
Gedichte. Broschur. 64 Seiten. DM 9,—
ISBN 3-88097-014-9

Nr. 5: Niklas Stiller, „um siebzehn uhr dreißig"
Gedichte und Kurzprosa. Broschur. 80 Seiten.
DM 9,—
ISBN 3-88097-022-X

Nr. 6: Helga Debbert, „Menschen im Krankenhaus"
Erzählungen. Broschur. 80 Seiten. DM 9,—
ISBN 3-88097-034-3

Nr. 7: Bernd Rachel, „Den dritten Preis zu gewinnen"
Erzählungen. Broschur. 64 Seiten. DM 9,—
ISBN 3-88097-035-1

Nr. 8: Hans Kroliczak, „Krimis und andere Gedichte"
Gedichte. 64 Seiten. Broschur. DM 9,—
ISBN 3-88097-029-7

Nr. 9: Marion Miller, „Ein Augenblick Gegenwart"
Gedichte. 64 Seiten. Broschur. DM 9,—
ISBN 3-88097-050-5

Nr. 10: Dieter G. Eberl, „Dressuren"
Gedichte. 64 Seiten. Broschur. DM 9,—
ISBN 3-88097-051-3

Nr. 11: Ulrich Horstmann, „Wortkadavericon"
Lyrik und Texte. Broschur. 64 Seiten. DM 9,—
ISBN 3-88097-052-1

Nr. 12: Joseph A. Kruse, „Gelbe Saison"
Erzählung. Broschur. 80 Seiten. DM 9,—
ISBN 3-88097-071-8

Nr. 14: Renate Cauchie, „Abhilfe zu schaffen"
Gedichte. Broschur. 64 Seiten. DM 9,—
ISBN 3-88097-073-4

Auf Anfrage senden wir Ihnen kostenlos das Verzeichnis unserer lieferbaren Titel.

Literarischer Verlag Helmut Braun KG
Dünnwalder Mauspfad 390
5000 Köln 80
Telefon 0221-601457